A HISTÓRIA DE BARACK OBAMA

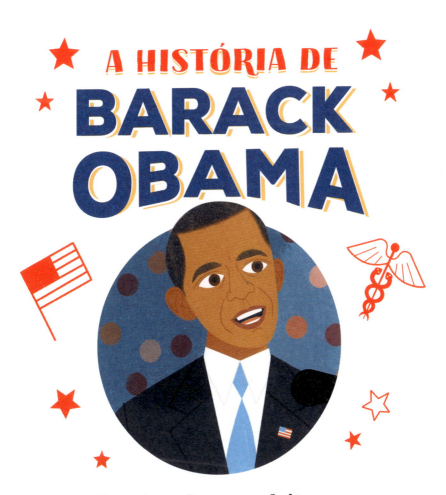

Inspirando novos leitores

— Escrito por —
Tonya Leslie, PhD

— Ilustrado por —
Loris Lora

Traduzido por **Cláudia Mello Belhassof**

astral
cultural

Copyright © 2020, Rockridge Press, Emeryville, California
Copyright © 2020, Callisto Media, Inc.
Ilustrações © 2021, Loris Lora
Publicado pela primeira vez em inglês pela Rockridge Press, uma marca da Callisto Media, Inc.
Tradução para Língua Portuguesa © 2021, Cláudia Mello Belhassof
Todos os direitos reservados à Astral Cultural e protegidos pela Lei 9.610, de 19.2.1998. É proibida a reprodução total ou parcial sem a expressa anuência da editora.
Este livro foi revisado segundo o Novo Acordo Ortográfico da Língua Portuguesa.

Produção editorial Aline Santos, Bárbara Gatti, Jaqueline Lopes, Mariana Rodrigueiro, Natália Ortega, Renan Oliveira e Tâmizi Ribeiro
Ilustrações Mapas Creative Market
Capa Jane Archer
Design Angela Navarra
Foto da autora Christina Morassi **Foto da Ilustradora** Sam Kimbrell
Fotos Shutterstock/s_bukley, p. 53; Alamy Stock Photo/White House Photo, p. 55; Shutterstock/Evan El-Amin, p. 56

Dados Internacionais de Catalogação na Publicação (CIP)
Angélica Ilacqua CRB-8/7057

Leslie, Tonya
 A história de Barack Obama / Tonya Leslie ; ilustração de Loris Lora ; tradução de Cláudia Mello Belhassof. – Bauru, SP : Astral Cultural, 2021.
 64 p. : il.

 ISBN 978-65-5566-129-3
 Título original: Story of Barack Obama

 1. Obama, Barack, 1961- - Biografia - Literatura infantojuvenil 2. Presidentes - Estados Unidos - Biografia I. Título II. Lora, Loris III. Belhassof, Cláudia Mello

 21-1101

 CDD 923.1
---
1. Presidentes - Estados Unidos - Literatura infantojuvenil

ASTRAL CULTURAL EDITORA LTDA.

BAURU
Avenida Duque de Caxias, 11-70 - 8º andar
Vila Altinópolis
CEP 17012-151
Telefone: (14) 3879-3877

SÃO PAULO
Rua Major Quedinho, 111 - Cj. 1910, 19º andar
Centro Histórico
CEP 01050-904
Telefone: (11) 3048-2900

E-mail: contato@astralcultural.com.br

SUMÁRIO

CAPÍTULO 1 — Nasce um presidente — 4

CAPÍTULO 2 — Os primeiros anos — 10

CAPÍTULO 3 — Dedicação aos estudos — 18

CAPÍTULO 4 — Tornando-se Barack — 24

CAPÍTULO 5 — Uma nova carreira — 31

CAPÍTULO 6 — Trabalhando pela mudança — 38

CAPÍTULO 7 — Presidente Obama — 45

CAPÍTULO 8 — Então... Quem é Barack Obama? — 52

GLOSSÁRIO — 59

BIBLIOGRAFIA — 61

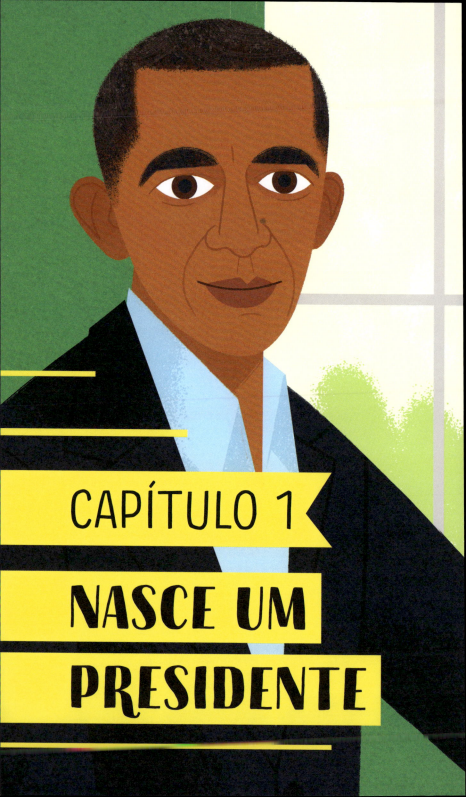

★ Conheça Barack ★

Nunca houve nada comum na história de Barack Hussein Obama. Quando ele se tornou o 44º **presidente** dos Estados Unidos, as pessoas ficaram impressionadas. Ele era um dos presidentes mais novos do país e, também, o primeiro presidente negro. Sua vida extraordinária se estendeu por todo o mundo e acabou levando-o à Casa Branca.

Barack nasceu em Honolulu, Havaí, em 1961. O Havaí tinha se tornado o 50º estado dos Estados Unidos havia pouco tempo e, entre as suas características, está o fato de ser o único estado formado apenas por ilhas. Barack cresceu naquele paraíso tropical cercado pelo Oceano Pacífico — e provavelmente foi o único presidente que cresceu surfando ondas e comendo sushi.

A trajetória de vida do 44º presidente foi diferente da dos outros. Ele morou em muitas cidades nos Estados Unidos, incluindo Nova York, Chicago e Los Angeles.

Passou parte da sua infância na Indonésia e visitou o Quênia, um país da África. Por isso, Barack aprendeu sobre as diferentes maneiras de como as pessoas viviam.

Ele viu muitas pessoas sofrerem e decidiu que queria passar a vida ajudando os outros. Também trabalhou muito para se tornar **advogado**, depois **senador** e, finalmente, presidente, tudo para poder melhorar a vida das pessoas. E conseguiu.

Os Estados Unidos
★ de Barack ★

Barack nasceu em Honolulu, capital do Havaí, em 4 de agosto de 1961. O local fica a milhares de quilômetros do restante dos Estados Unidos, no meio do Oceano Pacífico. Porém, os pais de Barack não nasceram lá. A mãe dele, Ann, era uma mulher branca nascida no Kansas, que tinha se mudado para Honolulu com a família. Já o pai de Barack, que também se chamava Barack, era um homem negro nascido no Quênia. Ele tinha

— PARA — PENSAR

Barack Obama cresceu nas belas ilhas do Havaí. O que há de especial no lugar onde você mora? Do que você mais gosta neste lugar?

se mudado para Honolulu para estudar.

Quando Ann e Barack, o pai, se conheceram, o casamento entre um negro e uma branca era algo **polêmico**. Havia leis nos Estados Unidos na década de 1960 que separavam os negros e os brancos. Em alguns estados, era contra a lei negros e brancos se sentarem no mesmo balcão de lanchonete, ficarem lado a lado no ônibus ou até mesmo beberem água no mesmo bebedouro.

MITO & FATO

Pessoas negras e brancas sempre puderam se casar.

Em alguns estados dos Estados Unidos era ilegal negros e brancos se casarem até 1967.

Por conta disso, era perigoso para a família de Barack viver em algumas partes dos Estados Unidos, mas estavam seguros no Havaí. As leis que mantinham as pessoas separadas não existiam lá. A **população** do Havaí era composta por povos diversificados, com muitas cores de pele. A família de Barack era diferente, assim como as demais famílias no Havaí. Por isso, Barack cresceu ao lado de muitas pessoas diferentes. Algumas se pareciam com ele, outras não. Mas isso não importava. No Havaí, não havia leis que pudessem limitar aonde ele poderia ir e como poderia viver. Barack cresceu se sentindo livre para sonhar e ser o que quisesse.

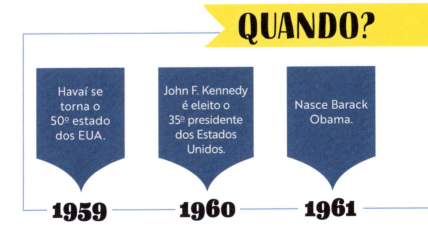

★ Crescendo no paraíso ★

Quando Barack era muito jovem, seus pais pediram o **divórcio**. O pai dele se mudou de volta para seu país natal, o Quênia. Barack ficou no Havaí com a mãe e os avós, que ele chamava de Vovô e Toot. Eles o chamavam carinhosamente de Barry.

Barry adorava o Havaí. Ele passava muito tempo com Vovô e Toot, enquanto sua mãe estudava na Universidade do Havaí. Ela gostava de aprender sobre diferentes **culturas** e compartilhava com Barry tudo o que aprendia. Enquanto ela estava estudando, Barry passava muito tempo ao ar livre, principalmente nadando e surfando. Ele também adorava comida e comia um prato de peixe cru chamado **sashimi**.

O Havaí é um local tropical, cheio de praias, montanhas e até vulcões. Os astronautas treinavam no Havaí porque o solo de lá é semelhante ao solo de Marte. Uma vez, Barry se sentou nos ombros do Vovô e acenou com

uma bandeira dos Estados Unidos para os astronautas que voltavam da Lua.

   A vida dele no Havaí era muito boa, mas faltava algo. O pai de Barry tinha voltado para o Quênia quando ele era ainda muito pequeno, e Barry não se lembrava muito dele, mas sabia que os dois tinham o mesmo nome e também que seu pai era diferente da sua mãe e dos seus avós. Seu pai era negro, e o restante da família, não. Isso significava que Barry também era diferente da mãe e dos avós. Ele sabia que a cor da sua pele significava alguma coisa para muitas pessoas, mas não entendia o porquê. Ele queria que o pai estivesse por perto para ajudá-lo a entender essa parte de si mesmo.

Quando Barry tinha três anos, sua mãe conheceu, na faculdade, um novo amigo chamado Lolo. Ele era gentil, e Barry ficou feliz quando a mãe contou que ia se casar com Lolo. Assim, ele iria se tornar seu padrasto.

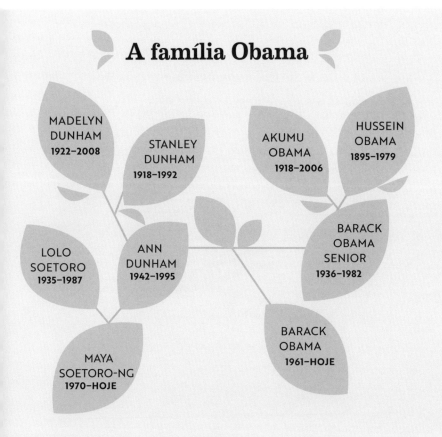

✱ Mudança para a Indonésia ✱

Lolo era de um país chamado Indonésia, um lugar formado por um grupo de ilhas, como o Havaí, mas que ficava muito longe. Depois que ele e a mãe de Barry se casaram, Lolo precisou voltar para a Indonésia. Em 1967, a mãe de Barry decidiu que ela e o filho se mudariam para lá também. Para isso, eles teriam que fazer uma longa viagem de avião.

Foi difícil para Barry deixar todos que amava, especialmente Vovô e Toot, mas a

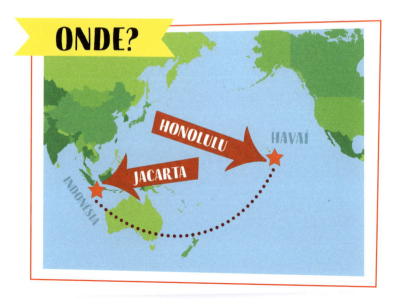

viagem até a Indonésia foi uma grande aventura. A mãe de Barry queria ensinar a ele sobre novos países e novas culturas, por isso eles visitaram outros lugares durante o caminho.

Quando finalmente chegaram à Indonésia, eles pousaram em uma cidade chamada Jacarta. Lolo ficou muito feliz em

— PARA —
PENSAR

Barry se mudou para um novo país quando era muito pequeno. O que você acha que ele aprendeu morando na Indonésia? Você gostaria de morar em outro país?

ver os dois. Ele até deu a Barry um macaco de estimação chamado Tata. Barry gostava de explorar Jacarta com Lolo. Eles comiam coisas bem diferentes, como carne de cobra e gafanhotos assados. Barry adorava essas aventuras, mas sua mãe queria que ele continuasse os estudos.

MITO & FATO

Barack não é **cidadão** dos Estados Unidos porque morou na Indonésia.

Barack nasceu no Havaí. Ele é um cidadão norte-americano.

Em uma escola perto de casa, Barry estava aprendendo sobre a Indonésia e sua cultura, mas sua mãe queria que ele também estudasse a história norte-americana, então começou a ensinar a ele. Eles estudaram sobre **direitos civis** e como os negros nos Estados Unidos estavam lutando para conquistar direitos, como votar e estudar. Então, a mãe de Barry teve outro bebê. Barry amava sua irmãzinha, Maya. Mas a mãe de Barry não conseguia mais passar tanto tempo acompanhando os estudos dele e ficou preocupada de o filho não estar recebendo a educação necessária. Ela o mandou de volta para o Havaí para morar com Vovô e Toot e voltar a estudar.

⭐ Uma visita especial ⭐

Barry voltou ao Havaí em 1971 para morar com Vovô e Toot. Ele começou a frequentar uma nova escola e ficou muito interessado nos estudos. Então, um dia, Vovô e Toot disseram a Barry que seu pai ia chegar para visitá-lo por um mês.

Barry sentia falta do pai. Ele sempre quis conhecê-lo melhor, mas eles não se encontravam há oito anos. Barry ficou preocupado. Será que eles iam se dar bem? Será que o pai ficaria orgulhoso dele?

Quando o pai de Barry chegou, houve alguns desafios. Barry não gostou quando o pai tentou lhe dizer o que fazer. Mas eles também tiveram bons momentos. Barry e o pai faziam longas caminhadas. O pai falava sobre sua vida no Havaí e mostrava a Barry todos os lugares que eram especiais para ele.

Um dia, o pai de Barry foi até a escola para dar uma palestra. No início, Barry estava nervoso, mas seus colegas adoraram ouvi-lo

falar sobre a vida no Quênia. Ele falou sobre os animais selvagens que viviam lá e como o país lutava para ser livre. Barry sentiu orgulho das histórias do pai. Ele percebeu que aquelas histórias também eram dele.

★ Período de estudos ★

Depois que o pai foi embora, Barry continuou se dedicando à escola. Ele gostava de ler, mas às vezes tinha dificuldade com os trabalhos escolares. Ele aprendeu a dirigir e conseguiu um emprego depois da aula, mas o que ele mais gostava era de jogar basquete. Ele jogava no time do colégio e era bom. Às vezes, quando Barry ia a jogos em outras escolas, as pessoas falavam sobre a cor da sua

— PARA — PENSAR

Barry ficou nervoso com a visita do pai. Por que você acha que ele ficou nervoso? Você já se sentiu nervoso ao ver alguém?

ONDE?

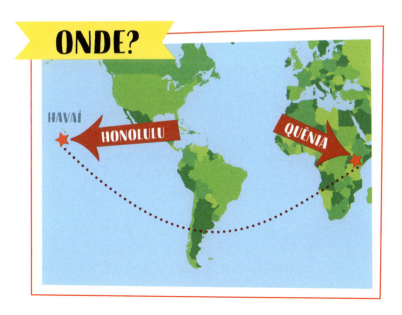

pele e o magoavam. Barry queria entender por que a cor da pele era tão importante. Então, ele começou a estudar a vida de pessoas que tinham a pele como a dele. Ele leu livros de escritores negros importantes como James Baldwin e Malcolm X. Quanto mais ele aprendia sobre as **injustiças** que as pessoas enfrentavam por causa da cor da pele, mais ele queria lutar contra isso. Os negros de todo o mundo também lutavam contra essas

> ## Os Estados Unidos são um lugar onde você pode escrever seu próprio **destino**.

injustiças. O **Movimento dos Direitos Civis** ajudou a mudar as leis nos Estados Unidos para dar às pessoas de todas as cores de pele **direitos iguais**, mas demorou muito para que a sociedade mudasse de verdade. Os negros ainda sofriam **discriminação**.

Barry queria saber como as pessoas podiam mudar a história. Ele acreditava que também poderia fazer mudanças.

QUANDO?

O pai de Barry sai do Quênia para visitá-lo.
1971

Barry se forma no ensino médio no Havaí.
1979

CAPÍTULO 4
TORNANDO-SE BARACK

★ Indo para a faculdade ★

Em 1979, Barack deixou o Havaí para ir à Faculdade Ocidental, em Los Angeles, Califórnia. Ele ainda queria ajudar as pessoas a mudar o mundo, por isso estudou **Ciência Política** e **Relações Internacionais**. Ele também fez uma grande mudança: decidiu parar de usar o apelido de infância. Ele não se sentia mais como o menino Barry. Agora, ele se sentia como o homem Barack e, como Barack, queria fazer a diferença no mundo.

Depois de dois anos, Barack pediu transferência para a Universidade de Columbia, em Nova York, e continuou a estudar **política**. A cidade de Nova York era empolgante, mas um pouco solitária. Barack passava muito tempo estudando sozinho. Quando a mãe foi visitá-lo, ela ficou preocupada que ele estivesse ficando sério demais. Mas Barack achava importante manter o foco em tentar ajudar os outros.

Então, Barack recebeu uma carta do pai. Ele o convidou para visitá-lo no Quênia. Barack ficou animado. Ele tinha uma família inteira no Quênia que queria conhecer. Ele poderia aprender mais sobre o pai e sobre si mesmo. Mas algo terrível aconteceu: o pai dele morreu em um acidente de carro.

O coração de Barack ficou triste, por isso ele se concentrou ainda mais nos estudos. Ele se formou na Universidade de Columbia e conseguiu um emprego como pesquisador e escritor. Mas o que ele mais queria fazer era trabalhar para as pessoas da **comunidade**, pois ele se sentia melhor quando ajudava os outros. Barack decidiu que queria ser um

> **Nós somos** a mudança que procuramos.

organizador comunitário. Ele se mudou para Chicago, Illinois, para realizar esse sonho.

Barack se reunia com moradores para ajudá-los a resolver problemas em seus bairros. Ele se unia a igrejas para cuidar das comunidades, como, por exemplo, criando atividades para crianças depois das

aulas. Ele também desenvolveu programas de treinamento para ajudar as pessoas a encontrarem empregos e sustentarem suas famílias, mas isso ainda não parecia suficiente. Barack percebeu que para que as pessoas conseguissem o que precisavam, as leis precisavam mudar. Então, decidiu ir para a faculdade de Direito para ajudar as pessoas a lutarem pela **justiça** que mereciam.

★ Visitando o Quênia ★

Barack pensava muito no pai e em sua família no Quênia. Então, antes de começar a faculdade de Direito, ele finalmente viajou para lá. Barack se sentiu em casa no mesmo instante. Uma mulher no aeroporto reconheceu seu nome, pois conhecia seu pai. Barack conheceu tias, tios e muitos primos. Também conheceu uma mulher que se apresentou como vovó, mas logo descobriu que ela não era sua avó de verdade. Isso era interessante no Quênia. Barack percebeu que as pessoas eram muito ligadas umas às outras, mesmo quando não eram parentes de sangue.

Barack passou várias semanas lá. Todo dia, ele aprendia coisas novas sobre o pai, como, por exemplo, que ele tinha sido um aluno brilhante. Ele também conheceu os outros filhos dele, que eram seus meio-irmãos e meio-irmãs.

— PARA —
PENSAR

No Quênia, Barack encontrou muitos familiares que não conhecia. Isso o fez pensar sobre o que constitui uma família. São os seus parentes ou as pessoas que você ama?

Barack aprendeu muito sobre o Quênia. Ele fez um **safári** e viu leões, elefantes, girafas e muitos outros animais. Ele se lembrou das histórias que o pai tinha contado aos seus colegas de escola muito tempo antes. Foram dias especiais. Quando chegou a hora de partir, Barack se sentia mudado. Ele tinha encontrado um novo lugar para chamar de lar.

QUANDO?

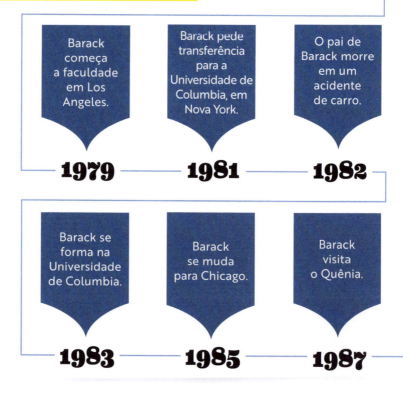

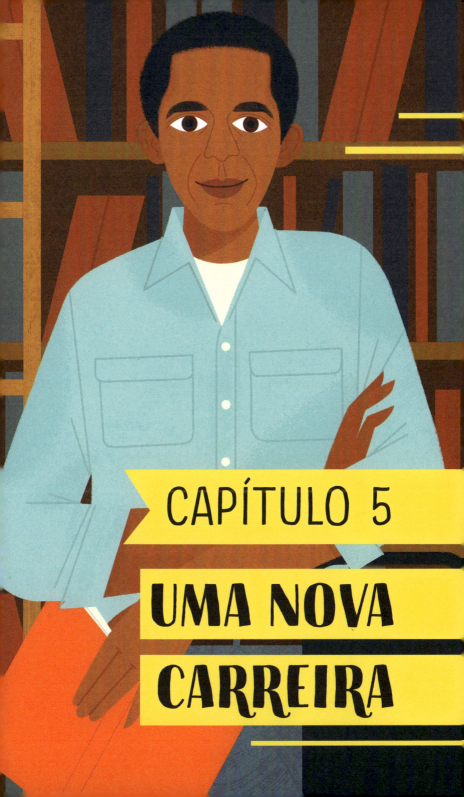

★ Barack, o advogado ★

Quando Barack voltou do Quênia, ele planejava ir para a faculdade de Direito na Universidade de Harvard, em Cambridge, Massachusetts. Harvard é uma das melhores faculdades de Direito dos Estados Unidos, e o pai de Barack tinha estudado lá. Barack sentiu que ir para Harvard lhe daria a educação de que precisava para fazer a diferença, não apenas em sua comunidade nos Estados Unidos, mas também para sua família no Quênia.

 Barack sabia exatamente o que queria fazer: tornar-se advogado de direitos civis e lutar por justiça. Então, ele estudou muito. Em 1990, Barack se tornou presidente da *Harvard Law Review,* um **periódico** importante administrado por estudantes. Ele foi o primeiro afro-americano a ser escolhido para aquele cargo.

 Barack se dedicou muito à faculdade. Durante o verão, ele trabalhava em um escritório de advocacia, em Chicago. Lá, ele foi apresentado a uma **mentora** chamada Michelle Robinson, que também tinha estudado em Harvard e ia ajudá-lo a conhecer melhor o escritório de advocacia. Barack e Michelle logo se apaixonaram. Quando Barack se formou em Harvard, em 1991, ele

— PARA —
PENSAR

Muitos presidentes foram advogados. De que maneira ser advogado pode ajudar alguém a se preparar para ser presidente?

ONDE?

voltou para Chicago para ficar mais perto de Michelle. Ele conseguiu um emprego como advogado de direitos civis e trabalhou para ajudar as pessoas a lutarem pelos seus direitos.

★ Senador Obama ★

Barack e Michelle se casaram em 1992. Os dois sonhavam em ajudar as pessoas. Michelle trabalhava em uma organização que incentivava comunidades. Já Barack percebeu que poderia contribuir mais sendo parte do governo. Ele concorreu ao cargo de senador pelo estado de Illinois. Um senador estadual trabalha para criar leis. Muitas pessoas votaram em Barack, e ele venceu. Então, ele conseguiu aprovar leis que ajudaram as pessoas a conseguirem empregos, encontrarem creches **acessíveis** e tornarem seus bairros mais seguros.

Embora Chicago agora fosse o lar de Barack, ele retornava ao Havaí sempre. Sua mãe havia voltado para lá, e estava doente. Ele

tentava vê-la com frequência, mas era difícil por causa de todas as suas responsabilidades em Chicago. Além disso, Barack estava escrevendo um livro sobre sua vida. A mãe dele morreu em 1995, poucos meses depois da publicação do livro.

    Barack trabalhou ainda mais depois que a mãe morreu. Quando concorreu à **reeleição** como senador estadual, ele venceu com

facilidade. Barack cumpriu três **mandatos**. Seu livro foi publicado e ganhou prêmios. Agora, até as pessoas de fora de Chicago sabiam quem ele era.

    Enquanto isso, Barack e Michelle formaram uma família. Em 1998, sua filha Malia Ann nasceu. Três anos depois, eles tiveram outra menina. O nome dela era Natasha, mas eles a chamavam pelo apelido, Sasha.

    A família de Barack estava crescendo, sua carreira estava evoluindo e todos se perguntavam o que ele ia fazer a seguir.

> "Às vezes, **ser pai** é meu trabalho mais difícil, mas sempre o mais gratificante."

QUANDO?

Barack se forma em Harvard.

1991

Barack e Michelle se casam.

1992

A mãe de Barack morre.

1995

Nasce Malia.

1998

Nasce Sasha.

2001

★ Um novo papel ★

Barack gostava de trabalhar como senador estadual para o povo de Illinois, mas achava que poderia fazer uma diferença maior ao país. Ele queria apoiar seu **partido político,** concorrendo a um cargo diferente. Nos Estados Unidos, existem dois grandes grupos políticos: o Partido Republicano e o Partido Democrata. Em 2004, Barack fez um grande **discurso** na Convenção Nacional Democrata, evento em que o Partido Democrata anuncia seu **candidato** a presidente.

Barack recebeu muita atenção pelo seu discurso. Ele falou sobre a história da própria família e como isso o inspirou a ter esperança no futuro. Suas palavras empolgaram as pessoas. Quando concorreu ao cargo de senador federal por Illinois, em 2004, ele venceu com facilidade.

Naquela nova função, Barack trabalhava para ajudar as pessoas de todo o país. Ele ajudou a criar uma lei que impedia os soldados de serem tratados com injustiça. Também serviu em um comitê para ajudar a proteger o meio ambiente. Ele gostava do trabalho, mas havia uma desvantagem: sentia saudade da família.

Ser senador dos Estados Unidos significava passar mais tempo em Washington, DC. Porém, Michelle não queria se mudar com a família, então eles decidiram que ela e as filhas ficariam em Chicago. Por isso, Barack viajava indo e voltando para Washington, DC. Como senador dos Estados Unidos, Barack trabalhou para criar e votar leis que ajudariam muitas pessoas. Era um trabalho importante, mas ele

ainda queria fazer mais. Ele começou a pensar em se candidatar à presidência.

★ Candidatura a presidente ★

Barack achava que, se fosse presidente, conseguiria fazer uma mudança real na vida das pessoas do país inteiro. Mas ele e Michelle sabiam que concorrer a esse cargo também mudaria a vida da família.

Eles pensaram em como ela seria afetada se Barack se tornasse presidente. Eles teriam que deixar Chicago, onde tinham família e amigos.

MITO & FATO

Nos Estados Unidos só existe um tipo de senador.

Existem dois: senador estadual e senador federal. Barack foi as duas coisas.

Malia e Sasha teriam que crescer na Casa Branca. Barack e Michelle conversaram sobre isso com a família. Depois, tomaram uma decisão. Barack ia concorrer à presidência, em 2008, contra outro senador chamado John McCain. Barack fez uma promessa para as filhas: se ele fosse eleito, elas finalmente poderiam ter um cachorro.

Para se tornar presidente, Barack teria que fazer uma **campanha** política. Durante a campanha, o candidato trabalha para se tornar conhecido e compartilhar suas ideias para que as pessoas votem nele e o coloquem no **cargo público**. Muita gente já conhecia Barack por causa de seu livro e de seu trabalho como senador, mas a campanha ajudou a

torná-lo ainda mais conhecido. Imagens de Barack estavam por toda parte. Milhares de pessoas saíam para ouvi-lo falar.

Durante a campanha, ele falou mais uma vez sobre esperança e a necessidade de existirem líderes fortes que quisessem trabalhar pela mudança. As pessoas ficaram cada vez mais entusiasmadas com

— PARA — PENSAR

A esperança foi um grande tema na campanha de Barack. Por que você acha que Barack fez as pessoas se sentirem esperançosas?

a campanha de Barack. Ele era jovem e diferente. As pessoas achavam que estava na hora de uma mudança.

Dia 4 de novembro de 2008 foi o dia da eleição. Assim que os votos foram contados, ficou claro: Barack tinha vencido. Ele era o 44º presidente dos EUA — e o primeiro presidente afro-americano. Foi um dia histórico.

QUANDO?

Barack fala na Convenção Nacional.	Barack se torna senador federal.	Barack inicia sua campanha presidencial.	Barack vence a eleição para ser presidente.
2004	**2004**	**2007**	**2008**

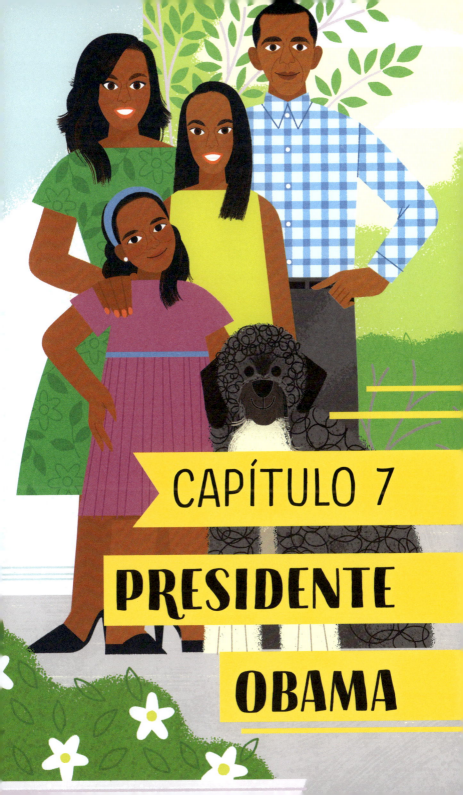

★ Mudança para a ★ Casa Branca

Barack se tornou presidente em 20 de janeiro de 2009. Foi nesse dia que ele e sua família se mudaram para a Casa Branca, assim como todos os outros presidentes fizeram desde 1800.

A Casa Branca, construída há mais de 200 anos, é um lugar diferente para morar. Ela é agitada, pois milhares de pessoas a visitam todos os dias. E é enorme: tem 132 quartos.

Eles queriam fazer a Casa Branca parecer seu lar, por isso levaram seus próprios móveis

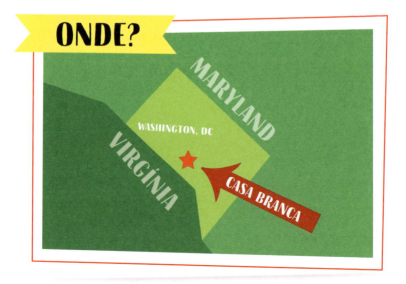

46

MITO & FATO

MITO: Barack não podia usar as **redes sociais** como presidente.

FATO: Barack é considerado o primeiro presidente das redes sociais. Ele foi o primeiro a enviar um tweet do Salão Oval.

para lá. Também tentaram manter uma vida normal, na medida do possível. Embora a Casa Branca tivesse uma equipe de limpeza, Malia e Sasha ainda tinham que fazer algumas tarefas, como arrumar a própria cama. Elas organizavam festas do pijama, assim como outras crianças da mesma idade.

Enquanto isso, Barack estava trabalhando muito como presidente. Uma das primeiras coisas que ele fez foi tentar fazer a **economia** crescer. Ele ajudou as pessoas a conseguirem empregos e diminuiu os **impostos** para que elas pudessem economizar dinheiro. Ele também fez mudanças para ajudar as pessoas a terem o direito de se casar com quem quisessem. E encerrou uma guerra contra o Iraque, que já durava muito tempo.

Em 2010, Barack assinou uma lei chamada Lei do Cuidado **Acessível**, que ajudava as pessoas a se consultarem com médicos e a irem a hospitais quando estivessem doentes. O programa ia sair caro para o governo e, por isso, alguns não queriam que a lei fosse aprovada, mas ela foi, e muitas pessoas receberam os cuidados de que precisavam.

Barack fez muita coisa nos primeiros quatro anos no cargo, incluindo cumprir a promessa feita a Sasha e Malia: as meninas ganharam um cachorrinho. Elas o chamaram de Bo.

★ O segundo mandato ★

Um presidente só pode servir ao país durante quatro anos. Depois, ele tem que concorrer à reeleição. Nos Estados Unidos, uma pessoa só pode ser presidente durante oito anos no total. Em 2012, Barack concorreu de novo.

Ele disputou contra um ex-governador de Massachusetts chamado Mitt Romney. Foi uma eleição difícil. O país estava ficando dividido. Alguns gostavam de Barack, mas outros não. Mesmo assim, ele venceu.

Ele sabia que aquele seria seu último mandato, então pressionou mais mudanças. Ele lutou por leis para ajudar o meio ambiente e mudou as políticas para proteger os jovens dos EUA que eram de outros países.

O último dia de Barack no cargo foi 20 de janeiro de 2017. A primeira coisa que ele queria fazer era tirar férias com a família. Eles foram para a Indonésia. A vida depois da Casa Branca era mais tranquila. Barack sentiu que finalmente tinha tempo para pensar

> **— PARA PENSAR —**
>
> Por que você acha que Barack concorreu novamente? Você acha que presidentes deveriam ter mais de dois mandatos?

sobre tudo o que tinha acontecido naqueles oito anos.

Depois das férias, Barack e Michelle ficaram em Washington, DC, para que Sasha pudesse terminar o ensino médio. Malia ia para a Universidade de Harvard, assim como o pai. Barack decidiu que não queria continuar na política. Em vez disso, ele

queria fazer mudanças de outras maneiras. Ele e Michelle fundaram uma organização em Chicago para ajudar os jovens a conseguirem educação e empregos. Eles escreveram livros e até fizeram filmes. Dessa forma, eles esperam que seu trabalho eduque e inspire as pessoas.

A história de Barack Obama sempre vai lembrar as pessoas de que não importa de onde viemos, podemos encontrar esperança nas nossas próprias histórias, trabalhar pelas mudanças e conquistar grandes feitos.

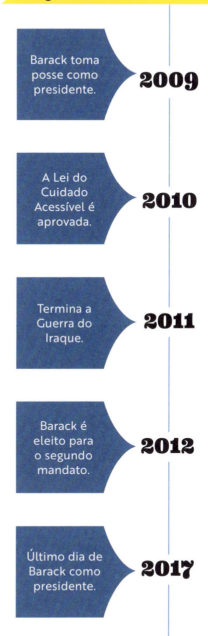

QUANDO?

- Barack toma posse como presidente. — **2009**
- A Lei do Cuidado Acessível é aprovada. — **2010**
- Termina a Guerra do Iraque. — **2011**
- Barack é eleito para o segundo mandato. — **2012**
- Último dia de Barack como presidente. — **2017**

CAPÍTULO 8

ENTÃO... QUEM É BARACK OBAMA ?

★ Desafio aceito! ★

Agora que você aprendeu tudo sobre Barack Obama, vamos testar seus novos conhecimentos em um pequeno questionário sobre quem, o quê, quando, onde, por que e como. Fique à vontade para reler o texto para encontrar as respostas se precisar, mas tente se lembrar primeiro.

1 Onde Barack nasceu?
→ A - Jacarta, Indonésia
→ B - Quênia, África
→ C - Honolulu, Havaí
→ D - Washington, DC

2 Qual era o apelido de Barack?
→ A - Barry
→ B - Rocky
→ C - Obama
→ D - Junior

3 **Quem é a esposa de Barack?**

→ A - Sasha

→ B - Malia

→ C - Michelle

→ D - Mary

4 **Que faculdade Barack não frequentou?**

→ A - Universidade de Columbia

→ B - Faculdade Ocidental

→ C - Universidade de Harvard

→ D - Universidade de Nova York

5 **Qual emprego Barack teve antes de se tornar presidente?**

→ A - Organizador comunitário

→ B - Advogado de direitos civis

→ C - Senador

→ D - Todas as alternativas

6 **Em que ano Barack ganhou a eleição para presidente?**
→ A - 1961
→ B - 2008
→ C - 2017
→ D - 2000

7 **Quantos mandatos Barack serviu como presidente?**
→ A - Um
→ B - Dois
→ C - Três
→ D - Quatro

8 **Que tipo de animal de estimação sua família tem?**
→ A - Um gato
→ B - Um cachorro
→ C - Uma tartaruga
→ D - Um coelho

9 **De que maneiras Barack tentou criar um mundo melhor?**

→ A - Ele ajudou as pessoas a encontrarem empregos
→ B - Ele tentou ajudar o meio ambiente
→ C - Ele ajudou as pessoas a terem assistência médica
→ D - Todas as alternativas

10 **Onde Malia estudou?**

→ A - Universidade de Columbia
→ B - Faculdade Ocidental
→ C - Universidade de Harvard
→ D - Universidade de Nova York

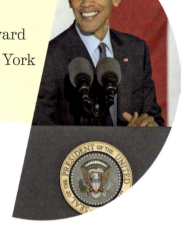

Respostas: 1.C; 2.A; 3.C; 4.D; 5.D; 6.B; 7.B; 8.B; 9.D; 10.C

✶ **Nosso mundo** ✶

Assim como todos os presidentes, Barack Obama será lembrado na história. Vamos ver como o trabalho do 44º presidente vai ser eternizado:

→ Barack fez história. Ele se tornou o primeiro presidente dos Estados Unidos afro-americano. Muitos norte-americanos sentiram que sua eleição mostrava que o país estava mudando e que a cor da pele não importava.

→ Barack ajudou a cuidar da saúde das pessoas. Ele conseguiu garantir que os norte-americanos tivessem uma assistência médica acessível, aprovando a Lei do Cuidado Acessível.

→ Barack ajudou o meio ambiente criando leis para limitar a poluição e proteger o clima.

PARA PENSAR

MAIS!

Agora vamos pensar um pouco mais sobre como Barack Obama fez a diferença como 44º presidente dos Estados Unidos.

→ Barack quebrou muitas barreiras na vida. Ele foi o primeiro editor negro da *Harvard Law Review*. Ele também foi o primeiro presidente negro. O que significa ser o primeiro? Quais são alguns dos benefícios e desafios de ser o primeiro a fazer alguma coisa?

→ A paixão de Barack era ajudar as pessoas. Como você acha que seu trabalho inicial como organizador comunitário o preparou para ser presidente?

→ As filhas de Barack cresceram na Casa Branca. Quais são alguns dos benefícios de crescer na Casa Branca? Quais os desafios?

Glossário

Acessível: não muito caro

Advogado: pessoa que estuda para entender as leis

Campanha: atividade que ajuda uma pessoa a alcançar um objetivo

Candidato: pessoa que deseja ser eleita para um cargo no governo

Cargo público: função ou posição no governo

Cidadão: pessoa que pertence legalmente a um país ou lugar

Ciência Política: estudo das atividades que envolvem o governo de um país

Comunidade: grupo de pessoas que moram ou trabalham juntas

Culturas: estilo de vida de um grupo de pessoas, incluindo comida, idioma, roupas, ferramentas, música, arte, crenças e religião

Direitos civis: direitos básicos que todas as pessoas têm sob as leis do governo

Direitos iguais: capacidade de todas as pessoas terem tratamentos, oportunidades, responsabilidades e liberdades iguais

Discriminação: tratamento injusto dado a uma pessoa ou a um grupo de pessoas

Discurso: fala formal diante de um público

Divórcio: fim judicial de um casamento entre duas pessoas

Economia: sistema que define como o dinheiro é feito e usado no país

Impostos: arrecadações de dinheiro que o governo coleta dos cidadãos para ajudar a pagar pelas coisas do país

Injustiça: ato ou comportamento que não é justo, correto ou igualitário

Justiça: imparcialidade

Mandato: quantidade de tempo que uma pessoa tem permissão para ocupar um cargo eleito no governo

Mentora: alguém que ensina ou ajuda outra pessoa

Movimento dos Direitos Civis: período de luta durante as décadas de 1950 e 1960, quando os negros dos Estados Unidos lutaram por direitos iguais

Organizador comunitário: pessoa que trabalha para ajudar os membros de uma comunidade

Partido político: grupo de pessoas que compartilham ideias e objetivos semelhantes em relação ao governo

Periódico: publicação sobre um assunto específico

Polêmico: relacionado a um desentendimento ou uma discussão ou tema que provoca uma dessas coisas

Política: atividades relacionadas ao governo de uma cidade, um estado ou um país

População: pessoas que vivem em um determinado lugar

Presidente: líder eleito de um país ou organização

Redes sociais: comunicações eletrônicas que permitem que as pessoas se conectem umas com as outras

Reeleição: ato de ser eleito de novo para uma função que já ocupa

Relações internacionais: relações entre diferentes países e seus governos

Safári: viagem para ver os animais vivendo no mundo selvagem

Sashimi: prato de peixe cru cortado em fatias finas

Senador: pessoa eleita para trabalhar no governo

Bibliografia

Bogost, Ian. **"Obama Was Too Good at Social Media" (Obama era muito bom em redes sociais)**. The Atlantic. 6 de janeiro de 2017. TheAtlantic.com/technology/archive/2017/01/did-america-need-a-social-media-president/512405.

Columbia News. **"President Barack Obama, Columbia Graduate, Is Inaugurated for Second Term" (Presidente Barack Obama, formado na Columbia, toma posse para o segundo mandato)**. 20 de janeiro de 2013. News.Columbia.edu/news/president-barack-obama-columbia-graduate-inaugurated-second-term.

Harvard Law Today. **"Obama first made history at HLS" (Obama fez história na Faculdade de Direito de Harvard)**. 1 de novembro de 2008. Today.Law.Harvard.edu/obama-first-made-history-at-hls.

Maraniss, David. **"Barack Obama: the college years" (Barack Obama: os anos de faculdade)**. The Guardian. 25 de maio de 2012. TheGuardian.com/world/2012/may/25/barack-obama-the-college-years.

Obama, Barack. **Sonhos do meu pai: Uma história sobre raça e legado.** São Paulo: Companhia das Letras, 2021.

Obama, Barack. **A audácia da esperança: Reflexões sobre a reconquista do sonho americano.** São Paulo: Companhia das Letras, 2021.

Schulman, Kori. **"The Digital Transition: How the Presidential Transition Works in the Social Media Age" (A transição digital: como a transição presidencial funciona na era das redes sociais)**. 31 de outubro de 2016. The White House—President Barack Obama. ObamaWhiteHouse.archives.gov/blog/2016/10/31/digital-transition-how-presidential-transition-works-social-media-age.

Swarns, Rachel L. **"First Chores? You Bet" (Primeiras tarefas? Pode apostar)**. New York Times. 21 de fevereiro de 2009. NYTimes.com/2009/02/22/fashion/22firstp.html.

The White House. **"Barack Obama"**. 2020. WhiteHouse.gov/about-the-white-house/presidents/barack-obama.

The American Presidency Project. **"Welcome to The American Presidency Project" (Bem-vindos ao Projeto da Presidência dos Estados Unidos)**. 2020. Presidency.UCSB.edu.

Para as crianças de todo o mundo.
Vocês são a esperança do futuro.

Agradecimentos

Eu me lembro exatamente onde estava quando Barack Obama foi eleito pela primeira vez. Eu me lembro da alegria e do júbilo que senti como mulher negra ao testemunhar a posse do primeiro presidente negro. Quero agradecer a Barack Obama por ser uma inspiração tão grande. Eu me sinto honrada de compartilhar sua história com os jovens. Agradeço à equipe da Callisto e à minha editora, Kristen Depken, pela paciência comigo. Obrigada à minha família por sempre me apoiar. E obrigada às crianças que leram este livro. Espero que vocês também encontrem inspiração aqui.
— T. L.

Sobre a autora

TONYA LESLIE, PhD, é educadora, palestrante e pesquisadora. Ela estuda questões relacionadas à equidade educacional e à alfabetização. Também é escritora. Seus outros livros infantis incluem *So Other People Would Be Also Free: The Real Story of Rosa Parks for Kids* (Para que outras pessoas também pudessem ser livres: a verdadeira história de Rosa Parks para crianças). Tonya divide seu tempo entre a cidade de Nova York e Belize, na América Central. Ela gosta de visitar museus, nadar e ler em aviões. Saiba mais sobre seu trabalho em tonyaleslie.com.

Sobre a ilustradora

LORIS LORA é uma artista multidisciplinar que já trabalhou com edição editorial, publicação de livros, design de brinquedos infantis e design de superfícies. Ela participou de exposições em galerias de todo o mundo. Sua atenção aos detalhes e seu olhar para as cores ajudam a moldar sua voz criativa. Seu estilo é amplamente inspirado pelo design de meados do século XX, pela cultura pop e por sua criação mexicana. Seu desenho sensível e perspicaz transmite narrativas e conceitos complexos com um humor delicado e uma humanidade envolvente. Seu trabalho digital é tão vibrante quanto suas imagens a guache.

Primeira edição Outubro/2021
Papel de miolo Offset 120g
Tipografias Eames Century Modern,
Sofa Sans e Brother 1816
Gráfica IPSIS